늑대와 함께 춤을

시작시인선 0456 늑대와 함께 춤을

1판 1쇄 펴낸날 2022년 12월 26일
지은이 김동수
펴낸이 이재무
기획위원 김춘식, 유성호, 이형권, 임지연, 홍용희
책임편집 박예솔
편집디자인 민성돈, 김지웅, 정영아
펴낸곳 (주)천년의시작
등록번호 제301-2012-033호
등록일자 2006년 1월 10일
주소 (03132) 서울시 종로구 삼일대로32길 36 운현신화타워 502호
전화 02-723-8668
팩스 02-723-8630
블로그 blog.naver.com/poemsijak
이메일 poemsijak@hanmail.net

ⓒ김동수, 2022, printed in Seoul, Korea

ISBN 978-89-6021-687-7 04810
      978-89-6021-069-1 04810(세트)

값 10,000원

*본 시집은 전북문화관광재단 2022년 지역문화예술 지원사업에 선정되어 일부 지원금
  을 받았습니다.

늑대와 함께 춤을

김동수

천년의
시 작

그동안 많은
일들이 오고 갔다

그런 속에서 나의 시는
감성 속에서 영성을

사실 속에서
진실을 찾아

내가 존재하지 않는 곳에서
나를 찾는

영원 속의 한 순간을
보고자 한다

2022년 12월
전주 호성동에서 김동수

차 례

시인의 말

제3부 목계木鷄

제1부 약속만 떠도는 바다

약속만 떠도는 바다

지킬 수 있을 때
지키지 못하고

이제는
지킬 수 없어

약속만 떠도는 바다

용서되지 않는
바다

용서받고 싶지 않은
바다

용서되지 않아
용서처럼 살아가고 있는

수형受刑의 바다

깃털만 남기고

그들이 지나갔다
마시다 흘린 술처럼

내 곁을 지나 두 번 다시
이쪽을 돌아보지 않았다

무심하게 그들이 내 곁을
지나갈 때

창 너머 저쪽
내 몸에서 뭔가 빠져나갔다

창가에서 매미 소리가 났다

허물만 벗어 놓고
흘러가는 구름처럼

바람이 불고
계절이 바뀌자

>
바람이 부는 쪽으로
깃털만 남기고 그들이 갔다

풍경風聲 소리

뎅그렁
뎅그렁 풍경 소리

마두금馬頭琴* 하나
목에 걸고

뎅그렁 뎅그렁

심장을 갉아
바람을 갉아

그대 찾아 울어 대는
돌(石) 바람 소리

산사山寺
추녀 끝에 매달려

허공을 스쳐
하늘(天) 끝에 우는

\>

뎅그렁 뎅그렁

머—언 산울림

풍경風磬 소리

* 마두금馬頭琴: 몽골의 민속 현악기. 애절한 사랑의 전설이 담긴 이
  마두금으로 연주를 하면 낙타가 눈물을 흘리고 새끼에게 젖을 물린
  다고 한다.

뭐, 그런 거

내 안에 아직도 꿈틀거리고 있었어

음악의 선율 그 리듬 속에서
넌 분명 살아 있었어

살며시 다가와 내 어깨를 감싸며
너무 멀리 오래
그러나 아직 잊지 않고 있었노라는 듯이

난 널 붙잡지도 못하고
새처럼 날아 닿을 수도 없었지만
그건 분명 내 안에 잠들어 있던
내 영혼의 그것

이른 새벽 무심결에 날 깨워 앉혀 놓고
때때로 가슴 벅차 눈부시게 타오르던

어릴 적 외갓집 뒤꼍 감나무 잎사귀에서
팔랑이던 햇살

\>

언젠가 오스트레일리아 골드코스트에서
저 홀로 밀려왔다 밀려가던
그 금빛 모래 물결

아무튼 넌 그런 거였어
무엇인가는 알 수 없었지만 분명 그건 너였고

또 나의 긴 그리움, 바람이었을까

야우夜雨

네가 왔다 가는 줄을 몰랐다
그땐 몰랐는데

가고 난 뒤에야
비로소 보이는 너의 흔적

밤새 창 안을 기웃거리다
그냥 갔나 보다

만삭해진 몸으로 미끄러져 내린
내 그리움처럼

우리 집 뒤란 대밭에서도
밤새 문풍지가 울었다

간밤 네가 그리
왔다 가는 줄 몰랐다

우우雨雨 창을 치다 흘러내린
빗방울 소리

물 한 잔

그가 있어도 괴롭고
그가 떠나도 괴롭다

괴로워도 괴롭고

괴롭지 않아도
괴롭다

그때
그 사람
앉았다 떠난 자리

이도 저도
아닌 이 낯선 거리에서

술잔 들다
말고

물 한 잔 들다
간다

살아도 별

살아도 별
죽어도 별

별처럼 살다가
별처럼 죽어도

나무꾼은 나무꾼
선녀는 선녀

지리산에 살거나
금강산에 살거나

나무꾼은 나무꾼, 선녀는 선녀

아이 둘 낳고
십 년을 하루같이 살아도

날개옷 입고
선녀, 어느 날 하늘로 올라

＞
다시 나무꾼이 된

살아도 별
죽어도 별

가을 햇살

아침 햇살에
가을이 묻어옵니다

참으로 오랜만에
먼 이별의 추억처럼

가을 햇살 편지 하나 받았습니다

그러고 보니
오늘이 9월 1일

나는 무심한 듯하면서도
아! 올해도 또 이렇게

세월도, 인생도, 사랑도……

저렇게 가을 햇살처럼
반짝이다가

눈부시게 흘러가는 강물이다가

\>

어느 날 길을 가다
문득, 또

이렇게 타오르는 하늘
오, 나의 사랑이여

바람의 길손

그는 살아 있다

바람처럼 스쳤다
바람처럼 돌아오곤 하였다

길을 가다가도
문득
쫑알거리는 날도 있었다

길이 있어도
길이 없어
먼 길을 떠돌던 바람

그러던 그가 어느 날

그는 하늘
나는 바람

못다 한 그의 삶
나 좀 더 살아 아파하고자

>
그는 하늘 나는 떠도는

한 오리
바람의 길손

매미

너는 날아가고
그림자만 남았구나

네가 입던 옷과 울음소리

배롱나무 가지 위에
걸어 놓고

네가 울지 않으면
여름이 오질 않는다고

7년을 땅속에서
기다리다

어느 날
내 곁으로 날아와

한여름 그리 울어 대더니만

어디로 갔느뇨

나의 매미여

7년을 기다리다

이레를 울다 간 나의 매미여

어느 날

오래전 그곳에
두고 온 날이 있어

그만 놓치고 만
그날의 구름처럼

언젠가 그곳에
두고 온 날이 있어

가다 오다
집 근처 카페에 들러

불빛 환한 플라스틱 나무 아래
차 한 잔 시켜 놓고

돌아오지 못해
서성이는

그런 날이 있어

인향만리 人香萬里

꽃에도 향香 있어

사람에게도
향香이 있어

그날 웃던 그 모습
그가 남긴 말 한마디

품에 안고 다니기도 하고

어떤 이는
그것도 모자라

기차를 타고
비행기를 타고

산 넘고 바다 건너
아직도

콩닥거리는
가슴, 만 리를 간다

사랑이여

잊기로 한다
잊고 살기로 한다

너를 잊는다는 것은

흐트러진 나를
한 번 더 가다듬어 가는 것

그게 작든
크든
그렇게 마음을 가라앉혀

벌거벗은
원점原点의 나로

다시 돌아오다 보면

가슴에 남아 있던
서러움
미움의 갈래들도

>
어느 날
들녘을 스치는 바람처럼

그가 없어도
이제, 그가 있는 듯이

이렇게 일어설 수 있는
눈부신 나날

오, 나의 사랑이여

그래도 사랑

사랑은 가고
남는 건 이름뿐

사랑은 오고
사랑은 오지 않는데

사랑은
자꾸만 오고

아, 사랑은 자꾸만 가고

이러지도 저러지도 못해
사랑하지 않는데

이름만 남아
반짝이다

뼈가 되어 가라앉은
나의 사랑이여

풍경 1

비가 오고
바람이 불었다

빨랫줄에
빗방울이 맺혔다

해마다 비가 오고
날이 가고 달이 가고

우리 집 마당에도 비가 내렸다

바람이 불고
그때마다

빗방울들이 떨어져 나갔다

그래도 아직
떠나지 못한 몇 점의

빗방울, 고향 집
빨랫줄에 맺혀 있다

풍경 2

빗방울들이
말방울 소리를 내며 떠나갔다

떠나간 빗방울들이
돌아오지 않았다

비가 오고
바람이 불고

그때마다 창窓이 흔들렸다

누구나 다 그럴 거라
생각을 하면서도

어느 날 허리춤에 차고 온
술병들에게

좀체 곁을 내주질 못했다

바람이 불고

비가 오고

떠나간 빗방울들이
어느 날 창밖에서

눈(雪)이 되어 내렸다

제2부 늑대와 함께 춤을

하얀 지문

뭉게구름 한 송이
하늘에 떠 있다

그걸 따 주먹에 꼭
쥐어 보니

올올이 풀어져 내린다

하늘은 저 멀리
천공天空에서

저리 눈부시게 빛나는데

주먹 속 구름
간곳없고

빈손에
하얀 지문만 남았다

늪대와 함께 춤을

꿈틀거리는 것은
모두 춤이 되나니

울고
웃고
사랑하며

밤새워
홀로 불타올랐던

내 장엄한 생生의
절정들이여

까무러쳐 죽기 전
또다시 춤을

모닥불 피워 놓고
손뼉 치며

늪대와 함께

춤을 추던

존 던바 중위처럼

시의 씨앗

불에 태워
그을린 청보리알 같은

눈물 같기도 하고
고향 뒷산 나무 그늘 같기도 한

그래도 죽지 않고
아직 살아

누군가 건드리면
툭! 터져

금시
튀어나올 것만 같은

내 가난한 지난날
시의 씨앗들이여

시의 싹

밤새 누가
날 두드리고 갔나 보다

아침에 일어나 보니
온몸에 멍이 들어 있다

밤새 누군가
내 몸을 두들겨 놓고

아침이면 또다시 사라져 버린다

그런 아침이면
항용

그곳에서
한 편의 시가 움터 올라

밤새 자란 시의 싹을
바람에 널어 말리곤 한다

시時 들다

날아왔던 새들도
날아가고

피어 있던 꽃들도
지고 말아

봄 속에 가을 있고
가을 속에 또 봄이 오나니

오, 서늘하구나

가고 오고
피고 지는 이 두 마음

가슴에 품고
등에 짊어지니

어느새
고추잠자리 한 마리

\>

어디서 날아와

푸른 텃밭 하늘 위를
빙빙 돌고 있구나

시의 숨결

나의 시는 낯설은 고장, 어느 변방에서 밤새 지은 한 채의 누옥, 그곳에 들어 비로소 숨을 쉬고 잠이 드는 내 넋의 오두막

아직 남아 지워지지 않는 어제와 오늘이 피가 돌고 숨통이 트여 다시 길을 나서는 새벽, 그것은 고향 집 뒤란 대밭에서 밤새 울어 대던 대 바람 소리

새벽 잠결 저 어둠의 뒤란에서 나지막하게 들려오던 증조할머님의 쉼 없는 염불 소리, 어린 시절 소풍 길에서 함께 걷던 산 너머 개울물 소리

먼 장場 길에 나가 초승달을 이고 산 고개를 넘어오던 어머니의 가파른 숨결 소리, 그걸 생각다가 잠이 들어 깨어 보던 지리산 능선, 그 위에 뭉게뭉게 떠 나를 내려다보던 하얀 구름

아직도 내 영혼의 뜨락에서 반짝이다 뜨거워, 가던 길 멈추게 하는 오, 서늘한 내 시의 거친 숨결이여

섬(島)

우린 서로
떨어져 있는 게 아니다

떨어져 있는 것처럼
보일 뿐이다

너와 나는 하나의 몸

점과
점이 선線이 되어

너는 그곳에서
나는 이곳에서

하나의 숨결로

물 밑에서 서로
뜨겁게

일렁이고 있는
우린 결코 둘이 아니다

뿌리 꽃

꽃도 아니었다
열매도 아니었다

그것은 나무들의 심장
꽃들의 탯자리

메마른 어둠
거친 자갈밭에서도

가지 뻗고 꽃 피워
깊고 단단하게 제 몸 옭아매었다

바람 불고 눈서리 치는
엄동의 계절

그들의 지하 벙커에서
밤새 불을 지펴

뿌리는 꽃의 얼굴
아니, 나무들의 집

\>

차갑고 매운 겨울바람들이
뿌리에 향香을 키웠다

빛

1

여인이 아이를 낳고
어미가 되듯

어둠이 빛(光)을 낳고
아침이 된다

깊고 아늑한 밤

밤이 짙어 갈수록
어둠의 정수리에

꽃잎 하나 피어올라

황홀한 밤 마을의
불꽃이 된다

2

밤이 있어
빛은 더욱 단단해

아, 화려한 밤의 축제

어둠은
부풀 대로 부풀어

마침내 동그란
아침의 아이를 낳는다

구름과 하늘

누가 나를
떠도는 구름이라 하였던가

떠도는 구름에게도
고향이 있고

그 고향에서 어머니가 늘
기다리고 계시거늘

누가 날 보고
흘러가는 구름이라 하였던가

산山 넘고
강江 넘어 떠도는 구름

그 구름 속에도
청산靑山이 있고

청산 너머 또
푸른 하늘이 계시거늘

공의 길

맞을수록 공이
멀리 가듯

아픔이 그를
멀리 날게 하였다

차인 만큼 창공으로 제 몸을
밀어 올렸던 공

아픔이 다가올수록
어둠이 깊어 갈수록

세상의 모든 곳이
그의 길이 되었다

허공虛空

동산에 달이 밝아
하늘이 높고

울타리에
매화 한 송이 피어나니

어느새 봄이
천지에 오고 있도다

분분한 백설白雪
날리고 날려

새잎 돋고 또 떨어져
낙엽이 되나니

오고
가고

별이 지고
해 다시 솟아오르니

>
어둡지 않도다
오, 허공이여

섭리 1
—하늘은

날 가물어
땅이 마르는 날이면

풀들은
땅을 꼭 붙들고 살아갑니다

장마 져 쉽게
웃자란 풀들은

자꾸 하늘로만 오르려 합니다

그러나
하늘은
다 주질 않나 봅니다

비가 오지 않아
땅이 쩍쩍 갈라지는
어느 날

하늘이 한 자락 슬며시

내려와

야윈 내 어깨 위에
살며시 손을 얹고 갑니다

섭리 2
―시와 허기

외로웠기에
어느 날
시詩가 슬며시 찾아들었고

허기졌기에
그동안
밥을 찾아 산야를 헤매었다

신神은 가난한
그에게

맑은 영혼의
시를 안겨 주었고

신神은
목마른 그에게

오아시스를
찾아가는
지혜를 안겨 주었다

가난한 영혼

내 사랑은
언제나 한발 늦게 온다

그가 떠나
한동안 보이지 않을 때

어느 날 갑자기
내 뒤통수를 치고 온다

그게 사랑인 줄 모르고

그게
눈물인 줄 모르고

어느 날 가던 길
멈추어

해 질 녘 어둠이 올 때까지

거리를 서성이는
내 영혼의 빈 그림자

기형奇形

나폴레옹이 어느 날
말을 타고 가다

네 잎 달린 클로버가
하도 이상해

허리를 숙이고 바라보았다

그 순간
총알이 머리 위로 날아가

이상하게 생긴
네 잎 클로버가

그에게 행운을 가져다주고

이상하게 생긴 것들이
목숨을 구해 주었다

세상의 모든 물물物物

이상하고 낯선 것들이

또 다른 세상으로 가는
길이 될 수 있다고

신神은 끊임없는
변종과 기형으로 너를 만들고

너와 또 다른
나를 만들어 가고 있나니

제3부 목계木鷄

목계木鷄 1

울지 않기로 했다
울어도 울지 않기로 했다

울어도
아무것도 하지 않기로 하였다

울고 싶을 때
울기 위하여

먼저 울지 않기로 하였다

기다리며
눈물이 고일 때까지

참아
참을 수 있는 것보다
더 오랜 시간

울어도 울지 않기로 하였다

목계木鷄 2

울고 싶을 때
울음에 매달리지 않고

날고 싶을 때
날개로 날지 않기로 하였다

몰려드는 갈매기 떼

철썩이는 파도의
파랑波浪을 등지고

오롯이 그 자리에
그대로 서서

결코 울지 않는
돌섬(石島) 하나 있다

곡도曲道

길은 돌고 돌아
다시 돌아온다

멀리 가기 위하여
서둘지 않고

좀 더 맑아지기 위하여
가라앉아 있기로 하였다

나긋나긋 속을 비워
휘어지는 대나무처럼

멀리 가다 되돌아오는
산울림처럼

길이 길에 머물지 않고
다시 돌고 휘어져

마침내 다함이 없는
세상의 또 다른 길이 된다

점點점點이

하나의 점點이
두 점이 되고 그 점이
세 점이 되고

다시 하나의
선線으로 이어지고

그러다
휘어져
원圓이 되어 돌아왔다

그 원이 다시
원圓 속으로 들어가

또 다른 하나의 허공

나는
하나의 점
하나의 허공

>

그 허공이

노을에 감겼다

다시 풀려

휘파람을 분다

부재의 그늘

적막은 공평해

그 앞에선
누구나 혼자가 되지

물끄러미
시간의 흔적을 지우다

선線 밖으로
사라져 버린

그 부재不在의 뜨락에

또 한 그루
적막의 흔적을 심는다

직선

한 가닥
침묵 속에

길게 잠든

저, 수많은 곡선의
함성들

휘어져 있구나

서 있는 나무

나무가 서 있다
길 아닌 길가에

하늘과 땅뿐이로다

흔들리고 부러져도
지나가는 바람 붙들지 않고

밤이 되어
보이지 않아도
스스로 길이 되어 찾아가는

나의 이 황홀한 가슴

누구도
건드릴 수 없다

나무가 서 있다
하느님처럼

>

서 있는 나무가

곧 길이다

세한도歲寒圖

나의 고마움은 그들로부터 온다

아무렇지도 않게
그들이 내 앞에 나타났을 때

나는 또다시
레테의 강에 몸을 실었다

말씀과 말씀이 죽어

하나의 말씀에서
두 개의 그림자가 튀어나와

비로소 내가

폐원이 된 낙도의 입구에
와 있음을 알았다

건넛마을에선
오색 깃발 저리 날리고 있는데

>
먼 길 돌아온 알몸 하나

제 몸 후려
울타리 속 가시
엄동嚴冬의 겨울을 난다

외면의 강

아닌 것을
아니라고 말했을 때

나는 이미 그들의 선을 넘고 있었다

그것이 아니었음을
방치함으로써 그들은

나와 다른
관용의 길을 걷고 있었다

그렇게 세상은 저만치
흘러가면서

그게 오히려 선善이라고
저리 깃발 펄럭이는데

세상은
거기에 끼어들거나
간섭하려 하지 않았다

\>

때로 침묵으로
때로는 너그러움으로

세상은 저만치
딩굴 딩굴 굴러가고 있었다

돌배(石舟)

강에 던진 돌(石)은
가라앉지만

배(舟)에 싣고 가면
물 위에 뜬다

내가 너를 실은
배가 될 수 있다면

날아온 돌멩이도
안고 갈 수 있으리

돌보다 크고
넓은 가슴으로

내가 내 안을 비워
너를 태울 수만 있다면

흘러가리 그 돌(石) 안고
저 강 너와 함께 흘러가리

겨울나무

나무처럼 산다
겨울나무처럼 산다

바람에 꺾이고
휘어진 나무처럼……

산새도 날아가고
나뭇잎도 떨어진

엄동嚴冬의 계절에

해와
달과
땅을 끌어안고

그것이
신神의 뜻인 양

겨울나무
눈 속에서 그냥 산다

풀잎

풀잎은
상하지 않는다
결코 상하지 않는다

다만 다칠 뿐이다

다치고 부러져도
땅속 뿌리가 살아 있어

때가 되면
흙을 뚫고
돌을 밀어 올린다

버려지고
잊혀진 땅에서도

한들한들
부드러운 입술로

풀들은

풀처럼
푸르게 일어나

또다시 파란
그들의 하늘을 본다

호박꽃

호박꽃은 호박꽃이다
누가 무어라 해도

꽃은 꽃을 피워야 하고
나비는 날아야 나비가 된다

이 외진 들녘
누가 무심히 던지고 간
호박씨 한 알

땅을 뚫고
뿌리를 내려
줄기를 벋어 가야만 했다

여름 한낮과
긴긴 어둠의 밤을 밀어 올려

어느 새벽
노랗게
피어오른 호박꽃 하나

>
환하게
세상을 향해
너를 이 땅에 떨군 누군가를 향해

아기별
한 송이
조용히 아침을 맞는다

'나도 꽃이 되었다고'

탓하지 마라

잠시 있다 지나갔을 뿐이다

가는 그림자
오는 그림자

그냥 왔다 가도록 내버려 두어라

새삼스레
잡을 것도 막을 것도 없나니

누가 왔다 가더라도

산은 산대로
강은 강대로 제 길 찾아 가나니

탓하지 마라

길가의 풀포기
하늘의 해와 달, 그들이 언제

>
지나가던 구름
단 한 번이라도

탓하던 일 있다 하더냐

밭을 간다

밭을 간다
쟁기를 붙잡고

오늘도 하루
내 인생의 아침 텃밭을 간다

어스름 새벽
무엇이 앞에
놓여 있는지도 모르면서

흔들리는
쟁기를 붙잡고
거친 소(牛)의 숨소리를 따라간다

가만가만
앞에서 끌고 가는 소의
뒤를 따르면서

한 골 한 골
발등 위로 넘어오는

이랑의 흙 내음과

앞산 뻐꾸기 소리에
이마에 땀도 들이는

이른 새벽

오늘도 굳어 가는
내 인생의 텃밭을 간다

아침 선물

오늘도
선물이 찾아왔다

눈을 뜨니
'아침'이라는 선물

산을 넘어 밤새
우리 마을

우리 집 거실로
찾아왔다

내가 살아 있는 한
받고 또 받게 될

오늘
지금(present)이라는

이 눈부신 아침
-선물(present)-

제4부 김점선의 말(馬)

아무도 없는데

그가 오는데
그의 그림자가 오는데

아무도 없는데
나뭇가지가 흔들리고

빗방울이 창窓에 맺혔다
흘러내린다

아무도 없는데
어디선가 꽃이 지고

아무도 없는데

하루 해가 비스듬히
머물다 간다

김점선의 말(馬)

김점선의 그림 속에는

전생前生의
내가 들어 있다

뱀이 이브를 꼬여 내기 전
에덴 숲에서

빨강 부리 새(鳥) 한 마리
종종거리고

오래전 무리에서
낙오落伍된 말 한 마리가

바이칼호湖의 초원에서
홀로 빛나던

나의 시는 내 영혼의 사당

저 아시아 고원高原을

끝없이 달려온

전생前生의
내 슬픈 말방울 소리가 있다

설일雪日

간밤에 눈이 내렸다

앞산에도
나뭇가지에도

가난한 이들의 지붕 위에도
눈이 내렸다

하늘이 곳간을 열어
눈이 소복이 내리는 날이면

앞산과 들녘도
먼저 일어나 눈을 맞았다

먹이를 찾던
까치들도

길가에 서 있던
나무들도

\>

하얀 설상雪像이 되어

모두 머리를 조아렸다

여백의 그늘

내가 너를 사랑하는 것은

언젠가 네가
내 곁을 떠나기 때문이다

내 앞에 네가 있어도
너를 안을 수 없어

있어도 없는 듯이
없어도 있는 듯이

나는 항시 네 뒤에 서 있는
하나의 여백

그 여백의 뒤란
이쯤의 거리에서

때때로 한 그루
나무의 그늘로 서 있다

상강霜降

백로白露 지나
상강이 오니

달빛도 서리 되어
저리 희게 내리는구나

섬돌 귀또리
밤새 잎도 진 늦가을

무엇이 그리 애닳아
저리 울어 대는지

먼 길 달려온
나그네 하나 여기 멈추어

하얗게 바랜
추억의 잔해 쓸어 넘긴다

노란 참외

노오란 줄무늬 참외를 보면
어머니 생각이 난다

소나기 내리던 여름
아침이면

어머니는 우장을 쓰시고
강변 밭으로 나가셨다

노란 참외와
까칠까칠 구부러진 물외 몇 개가
소쿠리에 담겨져 왔다

소나기는 쉬지 않고
짚시랑물*
마당으로 흘러내리는데

나는 건너 골방 창호지 문틈으로
빗속에서도 한사코

>
고개를 내밀고 있던
확독 안 참외 몇 알을 바라보고 있었다

무덥고 긴 여름

내 유년의 텃밭에서
어머니가 따 오신 줄무늬 참외 몇 알

아직도 싱싱한 파문으로
내 가슴에 새겨져 있다

* 짚시랑물: '낙숫물'의 전라도 방언.

가을 나무

가을이 대지 위에
제 몸을 맡기고 누워 있다

어제는 빛나는 태양으로
타올랐으나, 이제는

가벼운 그림자로 누워 있다

한때 숲을 이루었던
숲속의 나무들도

하나씩 잎 떨구고
깊은 명상에 들었다

다소곳이 이제
뿌리로 내려가

저마다 등불 하나씩 밝히고

>

긴 겨울밤

홀로 지새고 있겠다

논다

이른 아침
자고 일어나
먼 산의 능선들을 바라보다

서재에서 거실로
거실에서 베란다로 나가

가지런히 놓여 있는
화분들을
하나하나 어루만져 보다가

앞산에서 불어오는
서늘한
산기운을 그대로 들이마시다가

다시 서재로
들어와
길 건너 나무들과 인사를 나누다가

흘러가는 구름

가만
가만 따라가다

순간, 먼 기억에서 다시 나오기도 하고

그러다가 다시
읽고, 쓰고

읽고
쓰며

긴긴 여름 석 달을 꼬박 집에서 논다

숲속 나무들

숲속에서 나무들이
한 생을 묻혀 산다

뿌리가 약한 것들은
그나마 살다 쓰러지고

어떤 것들은 슬며시
제 몸을 이웃에 부려 놓고

능청스레 목탁을 치고 있다

그 아래 세 들어 사는
작은 나무들도
좀체 제 하늘을 만나지 못해

발끝 까치발로
허공을 밀어 올리고 있다

밤새 물길 따라
오르락내리락

저마다 아미타불을 염송하면서

저만치 새소리를
머리에 이고 서 있다

탯줄

팔을 걷어 올리자
푸른 정맥이 온몸을 감고 있다

무지개 따라
산 넘고 강을 건너왔던

저 중앙아시아 고원 위에 떠 있던
양떼구름 한 조각

할아버지와
아버지와
어머니

전생과
이승을 넘어오다

어느 날, 덜컥
또 하나
인연의 탯줄을 달고

>
이 몸 구석구석에까지
내려온 당신들의 붉은 피가

시방, 이 몸에
우주의 푸른 숨결로

영겁의 한 순간
온몸을 돌고 있다

이름 석 자

꽃이 져도 향기가 남듯

그 이름
그 향기 남아 있을까

봄이 오면 언덕에
풀이 돋아나듯

세월 가고 육신마저
사라지고 나면

어디에 남아 있을까

그날의 눈부신 이름들과
그 위에 세운 기와집과

전설 깊던 우물

자취도 사라진 옛터에
무엇이 남아 있을까

>
어느 볕 좋은
가을날

부모님이 지어 주신
내 이름 석 자

아침 송

아침이면 먼 산들이
마을로 내려온다

나뭇가지에 잠들어 있던
새들도 깃을 털고

까치도 몇 마리
저 망루에 올라

까악- 까악-
어둠의 장막을 찢고 있다

벌겋게 살이 오른 동녘

어제의 낮달
저만치 밀어 올려 놓고

촉촉한 은빛 햇살들이

눈부신

아침 씨앗

온 누리에 뿌리고 있다

너, 운명교향곡이여

심장이 두근두근
운명의 문^門을 두드린다

사방 천지 온 세상을
휘감아 돌다

또다시
훌쩍 오르고 내달아

잔잔히 흐르다가

어느 날, 또 벼랑 끝
난간으로 곤두박질

떨어져 내리다가

다시, 하나가
둘이 되고
둘이 셋이 되어

>
그러다
때때로 가슴 아파

다섯 가락 선율 위에
다소곳이
다시 모여

오대양 육대주를 누비고 다니는

자유로운 영혼의 순례자
너, 베토벤이여

춘향아

어쩌다 너는
이곳 광한루에 내렸느냐

은하수 건너오던
천상의 직녀처럼

사뿐사뿐 오작교를 건너

나의 빈 가슴
이리도 흔들어 놓았느냐

저 먼 지리산 능선 위에
떠 있는 뭉게구름처럼

너는 언제나
시들지 않는 내 심연深淵의 아니마

해가 지고 달이 져도
바람처럼 여울처럼

>
춘향아, 너는
어찌 마음속 한구석에

아직도 그리 남아

나의 빈 가슴을
이리도 흔들고 있느냐

몽골의 새벽

이른 새벽 잠에서 깨어나니

까마귀 몇 마리
날아와 지저귄다

어디에선가 멀리
컹~ 컹~ 개 짖는 소리

살랑살랑 게르 문밖에서
나붓거리는
풀잎들의 부드러운 바람 소리

서늘한 중앙아시아
어둑-한 천공天空에

하얀 새벽달이 옛날처럼 걸려 있다

하늘과
바람과 구름이
느릿느릿-

\>

내 심장

내 영성에

고즈넉이 내려앉은 몽골의 새벽

어머니 품처럼 무궁한

이 영원의 공간에

어린아이마냥

모처럼 늦잠에 든다

간다

빗방울이
차창에 맺혔다 간다

지나간 세월들이
왔다 간다

무수히 오갔던 이 길
저만치 밀려난 길들이

자동차 바퀴에
감겼다 간다

흘러가 버린 빗방울

달랑달랑
차창에 맺혀

무어라 말을 하다
간다